詩集

# 山の辺の

西田　純

# 西田　純詩集　山の辺の　目次

Ⅰ



Ⅱ

Ⅲ

Ⅳ

＊＊＊＊＊

カバー写真　著者

「風の森」（奈良県御所市　鴨神）

# 詩集　山の辺の

# I

# 自分の中から

すぐに
どこかへ　流れて
消えてしまう

ここに　書きとめておこう

と　思ったが
行ったり　来たり
あるいは　よどんでいるようで
すぐに　立ち去って

じっと　とまってくれたら
ゆっくり書けるのに

いつのまにか
どこにも　いなくなって
すっかり　見えなくなってしまうのだろうか

# 歩く

こころのなかに
はいりきらなくて
どうしようもなく
かたちも　さだまらず
ただよっている
ことばたちも　ぼくも

一歩ずつ　この道を歩き
石の　静けさを
すっかり　のみ干してやろう

# 生

空中に　投げ出され
ふんわり　うかんだままで

耳もとで　何かささやいて
なぜか　わからないけれど
うれしくて
その感触が　忘れられない

ここちよい音
なのだろうか
からだじゅうで　うたっている
それとも
生きている　言葉
はずんでいるかと　おもうと
ときには　しずんでいても
いつでも　うごきまわって

# 見たこともない　自分

ぼくは
自分を　ほんとうに見たことがない
ぼくの目で
自分を　見ることはできない

鏡の中の　自分を見ても
やはり　どこかちがう
ぼくが見ているから　意識して
自由に　自分を出せない
親しい人の前なら　ひとりでに出てしまう
笑った顔は　どこにいるのだろう

詩のなかへ
自分自身を　投げ込もう
どこへでも　あふれ出てくるといい

# どこかで

初めて出会った自分のような
ずいぶん前から　よく知っているような
久しぶりに会って　なつかしいような

たしかに
どこかで　見たことがある

自分で　自分を
写真に撮ってみたけれど

それとも
この人は　誰なのだろう
見たことのある顔だ
自分以外の　誰かなのだろうか

時間の流れの
とおい遠いところに　引き込まれ
自分であって
自分でもない
何億年も　くり返され
生きてつながってきたのか
ぼくの目は
眉毛は　口は
魂も
どこから　やってきたのか
今も　どこかに
どこにでも　いるのだろうか

# 知らない自分を

自分の知らない自分を
ぼくは　見てみたい

自分には　自分が見えないから

鏡に　うつすように
詩に　書いても
平面にしかうつらないのは　いやだ
見たところだけ　ではなくて
見えないところまで　見たいのに

オーケストラのなかで
弾いてみる
前から　後ろから
右も　左も　いろんなパートと
からみ合わさって
自分も　あらゆる楽器と
かかわりあって
ぼくの音も　いっしょになって
とけ合って
今まで気づかなかった音色も出て

自分自身を
空から　聴いてみよう

# いつでも

いつでも
動かしたくて

こころは
からだで　生きて
からだの中で
たえず　動いている

じっと　していると
何もかも　重たくて

こころも　だるく
しずんでしまうのは
やっぱり　がまんできない

両腕で　ちからいっぱい
からだをおさえよう
おなかも　背中も
思い切り　曲げて伸ばして
やがて　すっかり抜けて
どこまでも　楽になる

自分のからだが
こころと　ぶつかりあって
詩が　飛び出して

それとも
楽器で　うたいたい
からだと楽器が
ひとつになって
とけあって
ぼくの中から
あふれ出て

# 自分

くり返し　再生されてきた
何千年　何百年ものあいだ
ぼくは　何度も使い古され
数えきれないほど　混ぜ合わされ
新しく　生まれてきた
何もないところから
湧いてきたのではない
ずいぶん多くの
人々の中を　くぐり抜け
気の遠くなりそうな　年月のあいだから
今　ここで　立っている

今まで一度も　途切れることなく
この地球の中の　いのちの始まりから
自分は
ずっと　続いてきたのだ

ぼくと同じ素材が
いくつもできている人間は
どれだけ　いたのだろう

ぼくは　ひとりの人間ではない
たくさんの生きものの中から
分かれていたものが
ある日

ひとつになって　生まれてきた

同じような部分を
ほんの少しでも　持っている人が
いるかもしれない
きっと　とてつもなく
ものすごい数になった
今も　いるのだろう

今ごろ
どこかで　ぼくと
同じ詩を　書いているのだろうか

# Ⅱ

# 梅 1

こおりつく二月に
春を　よびおこす

ぼくよりも　すこし大きな木なのに
だれよりも　ちからづよく
自分のかたちを
しっかりと　まもっていて

ちいさな　つぼみのなかに
ひとつの世界を
内側から　にぎりしめて

# 梅 2

つめたい風に　ゆられ
ちいさな　あかい　つぼみのなかで
世界を　いっぱいふくらませ

ほそい枝に　かぎりないちからを
いたるところに　ひろげ

だれよりも　はやく
春を　告げる

# かえで

まだ　ちいさなてのひらを
やわらかく　にぎりしめていたのに
さくらの花も　散ってしまった今

かえでの　葉は
もう　すっかり少年になり
両手を　いっぱいひろげて
見わたすかぎり
まえへ
空へ

# 駅から

初めて降りた駅から出ると
空中に　投げ出され

いちめんの　稲穂の上
ふんわり　うかんだままで

耳もとで　ささやくのは
みどりいろの　風だろうか

かえるの声も　大きく近づいてきた
あぜ道を　歩く
山も　もうすぐだ

# 山の寺の

深い森の中に　埋もれた伽藍
頬に触れ　揺れ動く木漏れ日が
ゆっくりながれる道を
ひとりでに　たどっていくと
緑から　見え隠れするお堂

一枚一枚の　葉の中に
仏たちは　うかんでいる

いのちの泉を
呼吸しながら　歩く

# 滝

目を　閉じて
頬で　見る
胸で　受けとめながら

前に　立つと
激しく洗われる　大気に
のみ込まれそうだ
流れ落ちる　滝を
のどの奥で　吸い込んでやろう

# すわっていたいところ

歩いていると　むこうに
深い森が　見えてきて

ちいさな祠が　いくつも
いくつも　どの神さまも
この森に　とけこんで

村の人々の
こころも　すっかり残したままで
ここに　預けられて

いつでも
ひと休みしたくなるところがある
遠く離れていても
すわっていたいところがある

どこまでも　自然におおわれたところ
いつのまにか
人の手が　やわらかく
ちからづよく　加わっているところ
何十年も　何百年も
受けつがれてきたところ

高くそびえる　杉の木に
足もとで　咲きみだれ

のびていく　野の花に
いつまでも　つつまれて
話していたい

数えきれない人々が
ここで　すわっていたのだろう
大昔からの　人々の
足あとも　うかびあがる

# 山田寺跡で

明日香を　少し過ぎて
磐余《いわれ》の道へ出て
からだごと　放り投げたい

幹の色まで　葉の緑が反射して
ひとつながりの　からだになっている
ぼくも　そんな色に染まって
この土の上を　歩いているのだろうか

鳥の声は　ときおり聞こえ
はりつめた明るさが
胸の底まで　すきとおらせる

今はもう　何もない
すっかり消え去ってしまった山田寺は
いちめんの田んぼのように　広い
低い山々と農家に　囲まれて

十月の空は　かるく青い
ときおり　風にそっとからみつかれ
からっぽに　なれる

なりたい
自分も　なりたい
なにもない　詩に　なりたい

自分で
自分を　追い回すのを
やめさせよう

山田寺跡：七世紀に建てられた古代寺院の跡で、奈良県桜井市山田にある。
明日香村奥山から近い。
磐余の道：古代の幹線道路。

# 道

道しるべに沿って
歩いてきたけれど
いったい　どこまで行けば
たどり着くのだろう

ななめに　交差した
ゆるやかな坂道の　四つ辻が現れた
まるで　休んでいくためのように
ちいさな神社が　待っている
目にしただけで

ひと息大きくつける
やわらかい家並みも　見わたせて

どちらの道から　行こうか
ここで　足を止めると
ますます　迷ってしまう

行ったり来たりしたい道
うしろをふり返っては
前を見渡す道
ゆっくり歩きたい道がある
また戻ってきたくなる道がある

# 歩いても

どこまで行っても
竹やぶばかりが　限りなく続く
また　間違えたのだろうか

もとに　もどってみようか
曲がり角まで
もう三十分以上も前のところまで

やがて　また見えてきた
田んぼのあぜ道だ

むこうに　集落が戻ってきた
神社も顔をのぞかせ　ほっとした

小さな　この道を
ほんの少し　曲がるだけでいいのか
道を地図と　落ち着いて
くらべてみたら　よかったのだ
ゆっくり眺めて　照らし合わせてみたら
大きな道路に　出なかったのに

いつでも　ぼくは歩いても
歩いても　たどりつかない

# あたらしい道

地図を　見る
これから　歩くところを
くり返し　今まで歩いたところを

どこへ行くのだろう
突然　方向を変えたくなる
道と同じように　生きているぼくは

この道は
いつ　できたのだろう

大昔に始まったばかりだとしても
これからも　失われないだろう

山に　近づく
青い空に　つつまれ
うかんでいる大気は
ぼくを　取り巻いている
草木の　伸びる音が
しだいに　かさなって

今から
自分の　あたらしい
道を　つくる

# 山の辺の

人は　だれでも
忘れられていくのだろうか
だれかが覚えていても　やがて
すこしずつ　消え去って

それでも
この土地は
ひそかに　覚えている

ここを　歩いていると
ひと足　踏みしめるたびに
道の声が　響き出して
からだの　すみずみまで

# 矢田丘陵

ここで　すきなだけ呼吸したい
水のように吸い上げて
木は　すっかりかるくしてくれる
からだの奥底まで
いつまでも　のしかかっていた
にがいおもさは
葉っぱと　土の
やわらかいいのちのなかに　とけこんで

金剛山寺に入ると　どこまで行っても
あじさいの花が　こちらを見ている
ひとつひとつが　星なのか
宇宙の目なのか
それとも

地蔵菩薩の分身が
花びらにのって
どこまでも　飛んでいくのだろうか

時間の層が
いくつも　いくつも　横たわって
自分の時間も　おり重なり
宙に　うかんでいる

矢田丘陵：矢田（大和郡山市矢田町）の西側から生駒市・生駒郡にある丘陵。
　矢田山。
金剛山寺：矢田寺（矢田山金剛山寺）。高野山真言宗の寺院で、本尊は地蔵菩薩。
　紫陽花が多い。

# Ⅲ

# 夢

夢は
憧れを
鏡にうつしたものだろうか

見えてはいるが
どこまで　近づいていっても
つかむことができない

そのうち
ぼんやりと
こなごなに
魔法になって　砕け散って

# 夢の中で

ねむっているとき
からだは　大地に平行で
どっち が　上で
どっち が　下か
わからない

いつのまにか　自分は
子どもにもどって　遊んでいる
今は　もういない
なつかしい人に　出会うこともある

あるいは突然　前に進んで
見たこともない　あしたのできごとを
ひと足早く　見ることもある

夢は
前に　進んだり
後ろに　もどったり
どこかに入り乱れ　漂ったり

まともに時が　動くのは
一日のうちで
起きているときだけなのか

# 短い夢

起きているのに
少しでも　目を閉じると
一瞬のあいだ

だれが　話しているのだろう
職員室で　もう二十年以上も前
あのときの　仕事をして

目を　開けてしまうと
あっという間に　消え去って
何も　見えない

いつのまにか　忘れてしまうのに
閉じていると
残っている世界が　大きく続くのだろうか

# 遠い記憶

暗がりの中で
遥か空の　天窓から
まぶしい光が　さしこんで

土間から　高く見上げ
二階の部屋へ
太い梁《はり》に　両腕をつかんで
勢いよく　飛び上がる
また　梁にぶら下がり
軽々と　一階まで到着

空中を飛び跳ねるぼくを
土間に座って　下から
見上げていたのも　ぼくだった

見たこともない
古い大きな家
小さい子どもの頃　何回も
夢の中で　よく現れた

大きくなって旅に出て　初めて出会った
大昔からの　古い町家
よみがえった　あの夢だ
やっと　見つかった

ここに　あったのだ
ぼくがつかんで　放さなかった
ものすごく太い梁だ

生まれるよりも前の
ずっと昔に
あの家に住んでいた　自分がいて
今　生きているぼくの
夢に　現れたのだろうか

# ひらがなで

ひらがなで　かこう

おもたい　きゅうくつなふくを
すっかり　ぬぎすてて

くうきが
じかに　からだにふれて
いい　きもち

漢字を　きていないと
こまるときも　あるけれど
じぶんの　かおは
いつも　ひらがなのまま

# Ⅳ

# 森林

すみきった　におい

底の　見えない
とてつもなく　深いにおい
空まで　どこまでもつづく
青い　におい

篠笛の音色の
風のにおい

木々がひそかに生きている
大地の底深く
流れ出す　水のにおい

こころをすっかり解き放って
きこえてくる音に
やがて　自分もとけ込んで

# 風に　のって

からだじゅう　ふきぬけてきて
のどをとおって　はいってくる

日ごとに濃くなる緑と
まぶしいくらいに鳴きたてる　鳥の声と
青い雲と
この森の　地中深く流れ続ける
水の声と

この風にのって
どこまで　運ばれていくのか

いつのまにか　ぼくも
少しずつ
のみ込まれてしまうだろう

# 五月

雲が　重たくもたれかかってきても

葉っぱたちは
軽やかなちからを　いっぱいこめて
はねかえそうとする

すっかり隠れてしまった太陽よりも
生き生きした光を　わきたたせ

あの雲たちが
からだじゅうにふくんでしまった　水を
葉っぱは　すっかりすいこんで
ちいさな鏡の　おおきなしずくにして

# 六月

森は　ぬれていた
降り続く雨の
わずかなすきまに
雲で重たくなった
間近に迫る空を　浴びて
やわらかくなった土を
踏みしめて　歩いていく

からだじゅう　水滴に覆われた
息苦しい毎日のなかで
この緑に　もぐり込みたい
大きく　投げ出して

この世のすべての水を
ひとつひとつの葉に　あつめ
注がれていく
かすかに　深い音が流れ

# 臥雲橋《がうんきよう》へ

塔頭のならぶ
石と緑にかこまれた道は
そこだけが
どういうわけかひんやりしていて
からだが　せなかから吸い込まれ
とけていく

這い上がれない
底まで　どこまでも
落ちてしまった日が　続いたので

どうしても　歩きたくなって
ここでは
にがい重さを　はなれて
まるで生きているみたいだ
いったい　何か月ぶりだろう

どこからか
尺八のしずけさが　かすかに流れ
立ち止まった　ぼくは
ゆっくり　おおきな息をして

臥雲橋：東福寺の三名橋のひとつで、最も下流に架かる。重要文化財。
（京都市東山区）

# 石のなかへ　1

苔の上で　生きている石たちも
とりかこむ　木や竹たちも
しずかに　すみわたっているのに

鳥の声は　耳の中まで飛んで来て
鼓膜の両側を　出たり入ったり
庭をおおう空には
ちいさなちぎれ雲が　ながれ

どこにいても
身動きできなくなって
また　枯山水に来てしまった

ぼくが見ている　この石が
ここにあるのだから
自分は　消えてしまってもいい
だれの目にも　姿がうつらないとしても
ぼくは　ここで　この目で
たしかに　眺めているのだ

## 石のなかへ　2

石を　見ていたい
じっと　すわりこんで

ぼくは　石を見ているのか
それとも　石のなかに
自分を　おいて
ぼくを
ぼくのまわりの　大気を
見わたしているのか

自分は　もう
ぼくを　押さえつけたりはしない

# 竹

竹の音を　聴いていたい

ちいさくはげしく
竹が　うたうので
下を流れる川は
からだを　そらせて
こまかく　ふるえ
青い空にも
つめたい雲が　ちぎれ

風に　揺られて
歩く

# 篠笛

ふえを　ふく
からだじゅうの　たましいが
いきのなかに　あつまって
ほそながい　竹の筒に
つぎからつぎへ　とびこんで

みどりいろの　空気のなかで
ぼくは
見えなくなってしまう

# 生命の

棚田の　はずれの
ちいさな森の入り口に
鳥居のそばに　そびえ立つ
おおきな木が
空を　抱きかかえている

ぼくも
そのたましいに　寄りかかり
幾重にも連なっていく田んぼを
呼吸しながら　歩きたい

## 冬

冷たくなった風を
頬で切って　走る
池に映る森も　揺れている

坂道をのぼりつめたところで
柿の木の
あかい実の群れに　むかえられ
ぼくのからだも　あかく
熱を発し
額からも　あつい息でいっぱいだ

こおりつく　まっ青な空を
溶かしてやろう

# 二月

青く　まっすぐのびて
岩たちは　石庭になって
心をひとつだけ
ここに　落とし

波の音は　幾重にも
立春の　太陽にはねかえる

海は　うかんでいる
二月だというのに

この明るさは
少年のように　動き
空まで　反射して
たえまなく　ゆらめいている

毎年　海を見るとは限らない
息苦しい　あの町から
久しぶりに出てきて
ぼくも　かるく
ちからづよく
波打ちぎわを　走れるだろうか

海辺の村の
光も　まぶしい

# 木のなかへ

ここに　いつまでも
すわっていたい
そのうち
ぼくも　なかまに
入ってしまいそうだ

いっしょに　生きている
おおぜいの木のなかに　とりかこまれ
つぎから　つぎへ
いのちを
あたえられ　ふきこまれ
どこまでも　よみがえって

かすかな風にのって

ぼくの頭のてっぺんから
胸を　深くとおり
足のうらの　底深く

木になったら
何百年も　何千年も
生きているだろうか

たとえ　切り倒されても
建物になっても　家具でもいい
いのちは終わっても
生きているみたいに　続いていて

*

*

*

*

*

# 自然の中で

自然から　だいぶ離れたとこで生まれ育ち
自然と　あんまり接することもあらへん
て　子どものときは思てたけど

大人になって　初めて就職したのは
京都市内の　山の中や
あたりいちめん　どこを見渡しても
山におおわれた　市原野小学校

冬になったら　雪がよう降った

モノクロームの世界に　すっかり変化して
水墨画は　こうやって生まれたんか
そやけど　人間だけが
カラーになって　動いとるで

山の中を　歩いていったら
子どもたちが　先生や
アケビも　イタドリも取って
食べられるて　教えてくれたんやで

それから
その近くの鞍馬も貴船も
歩きたい
木も草も　ひとことも話さへん

静かに呼吸して　いのちをあたえてくれる
て　思たら
そうや　ぼくも生きているんや

ぼくが住んでる中京《なかぎょう》は
排気ガスに　いっつも覆われ
まわりは　ごちゃごちゃ建物だらけ
そやけど　ちょっとだけ見渡したら
すぐ近くまで　山は迫ってるんやで
市街地の中には　森もあるんや
糺《ただす》の森も　半木《なからぎ》の森も

京都市は　木も草もいっぱいあって
面積の74％が　森林やったんや

糺の森は下鴨神社の中に、半木の森は京都府立植物園の中にあり、
どちらも古代からの自然林。京都市左京区下鴨。

# 朱雀

ぼくが　戻ってきたら
朱雀は　ここにもいっぱいいた

当たり前や
ここは　壬生朱雀町やし
家の前には　朱雀第一小学校
朱雀キャンパスに　朱雀支店
あっちもこっちも　朱雀のついたマンション
朱雀大路は　千本通りになってしもたけど……

そやけど
生まれてから　ずっと
学校に行っても
朱雀て　何のことか知らんかった
赤い色した　雀やろか？

奈良の西大寺に　引っ越したら
朱雀が　見えてきた
青龍も　白虎も玄武も
平城宮跡で　空高く舞い降りて
そのうち　朱雀門が
新しくでき上がり
ぼくは　何回も
朱雀に会いに　走っていった

畝傍《うねび》御陵のそばには
高句麗《こうくり》の朱雀が　やって来ゃはった

明日香にも
朱雀は　住んだはった
こんもり小高い丘に　つつまれて
あたたかく　棚田を見下ろして

京都に　帰ってくると
朱雀は　もう見えへん
目には見えへん　朱雀だけが
このへんで飛び回って　守ったはるんや

朱雀：古代中国から伝わった伝説の鳥で、鳳凰と似ている。北を玄武、東を青龍、西を白虎、南を朱雀が守護している。

朱雀：（地名）京都市中京区の西の半分、壬生、西ノ京、聚楽廻は一九一八年まで朱雀野村であった。朱雀第一小学校から朱雀第八小学校までの学区があり、この地域では今でも「朱雀」がよく使われている。また、町名に「朱雀町」とつけられているところもある。（地元では「すざく」と読んでいるが、「しゅじゃく」「すじゃく」も可。）

朱雀キャンパス：立命館大学の朱雀キャンパス。中京区西ノ京朱雀町。

畝傍御陵のそばには：奈良県立橿原考古学研究所附属博物館で、二〇〇六年に「世界遺産　高句麗壁画古墳展」が開催された。

小高い丘：高松塚古墳やキトラ古墳のこと。

# 桃山から大枝へ　奈良から京都へ

ぼくの奈良時代も
ぼくの桃山時代も
二〇〇四年には
いっしょに終わったんやけど……

ぼくが住んでた大和の西大寺の
すぐ北には　秋篠
南側は　菅原
海のむこうからやってきたという土師《はじ》氏が
秋篠　菅原　大枝《おおえ》に分かれたんか

大枝氏は　どこ行かはったんやろ

ぼくは　京都の伏見の桃山小学校に勤めてた
百済《くだら》からやってきた人の子孫やそうな
桓武天皇のお墓も　近くにあったで

中京《なかぎょう》の実家に　戻ってきて
大枝小学校へ　行くことになったんや
大枝氏は　ここに住んだはったんか
桓武天皇のお母さん　高野新笠《たかののにいがさ》も
奥さん　藤原旅子《ふじわらのたびこ》も
ここに　お墓があるんや
奈良から　桃山から　引っ越してきたのに
いっぺんに　分かってしもうた！

大枝校は　どの学年も
朝鮮半島の文化を　研究授業
ぼくは　チャングを練習していたので
音楽の授業で　やってみよう
と思ったけど　頭を怪我して手術して
できひんかった　残念やった

大枝は　長岡京の近く
ぼくが住んでるのは　平安京のど真ん中
この山背に　渡来人がたくさん住んだはったんで
桓武天皇は　ここを都にしたんか

大和の国は　どこを歩いても

朝鮮半島から来た人の跡が　いっぱいあったけど
京都ももっと　もっと多い

地下鉄で見た　京都市のポスター
京都には　朝鮮半島ゆかりの神社が多い
て　あったけど

調べたら　ほとんどがそうやった
平安神宮は　桓武天皇を祀ってる
北野天満宮の天神さんは　菅原道真
伏見稲荷も　松尾大社も
秦氏がつくり
祇園祭の八坂神社は　新羅《しらぎ》の神様
まだまだ　きりがない

京都で生まれた
ぼくの中にも　きっと
いっぱい　入っているんやろな

土師：古墳時代、埴輪の製作や葬送儀礼に関わった豪族で、朝鮮半島から渡来したと言われる。
秋篠：奈良市秋篠町
菅原：奈良市菅原町
大枝：京都市西京区大枝
桓武天皇陵：京都市伏見区桃山町にある。京都教育大学附属桃山小学校から東へまっすぐあるいたところで、桃山御陵の北側。
チャング：朝鮮半島の伝統的な打楽器。二〇〇四年頃、私は京都教育大学の学生や先生たちと一緒に、定期的に教わっていた。

## なんにも　できひん

だれでも　できるけど
ぼくには　できひん

小さい子どもの頃から
ものすご　多すぎた
ボールを持てへん　投げられへん
走っても　遅すぎる
高いとこに　登れへん
自転車にも　乗れへん

左目が　見えへんかったけど
大きなるまで　分からんかった

人はだれでも　できるのに
ぼくは　なんにもできひん

おとなになっても　ずっと
どこまでも　続いてたのに
子どもが生まれたら
そんなことは　もう
忘れかけてたけど

ある日突然　気を失い
頭を強う打って

脳は　四分の一流れてしもた
右目の半分だけしか
もう見えへん
言葉も　いっぱい間違える
　上が下で　右は左
「だいどころ」が「れいぞうこ」で
「そうじき」は「せんたっき」
漢字も忘れて　書けへん
計算はできるようになったけど
「五万円」を「五百円」て
言うてしもた

そやけど　今ごろ気がついた
若い頃から　ずっと

大好きやった
楽器の　練習も
腕立て伏せも　腹筋　背筋も
毎日やりたいから　続けてるんや

今では
少しは　あるのやろか
ぼくでも　できることが

# 一回生から始まって

## 1　オーケストラの森で

大学に入学して
オーケストラのクラブに入ると
ぼくは毎日　有頂天だった
ヴァイオリンを　ろくに弾けもしないのに
そこにいるだけで
新しい世界の創造に
立ち会うことができるのだ

どこまでも続く

弦のシンコペーション
どこが小節の変わり目だろう
でも　まわりの音にのっかって
自分が　木になってやろう
森のなかで
たくさんの木々といっしょに
風に　ゆれている

「純！　弾くな！」
突如　轟く雷鳴
顔を上げると
指揮者の目から　稲光
――まだ　あんまり弾けないからなあ
楽器を　ひざの上に置こう

クラリネットが　枝の上にとまって
むこうの梢の　フルートと
歌い交わしている
しらないうちに
また　楽器を持っていた

指揮棒が　床に落ちる音
すいこまれるように　音楽は止む
森のなかから
練習場に　引き戻され

「西田さん
お願いですから
やめていただけますか

あなたが　入ると
　音が　狂うのですが……」
指揮者の声に
みんなが　どっと笑う

あれから　何十年が過ぎたのだろう
今でも　まだ懲りずに
ぼくは　木になろうとする

## 2　明日香村

明日香に　初めて行ったのは
大学の　オーケストラに入って
初めて　発表した時
村にできた　公民館で
「アウリスのイフィゲニア」序曲
力強く流れ続ける　叫びと
くり返す　悲しみが
深く　いつまでもしみ込んで

飛鳥寺では　長老に
八雲琴を　聴かせていただいた
スサノオが　持っていた

たった二つの弦の音で
遥かかなたを　呼び起こす
今もなお　あかるく生きていく
田畑や集落につつまれた
あたたかい　明日香村だけど

そのすぐ前の
蘇我入鹿の首塚に　出会った
巨大な石舞台にも　もぐり込んだ

とおいむかしの　血なまぐさい響きと
アガメムノンの嘆きと
大地の底から　呼応して

「アウリスのイフィゲニア」：古代のギリシャ悲劇に基づくグルックのオペラ。
自分の娘イフィゲニアを生贄に捧げなければならないアガメムノンの苦悩。

## 3　走る

藤森《ふじのもり》の　大学から
大亀谷を走って　峠を越え
六地蔵で　ぐるっと曲がって
桃山御陵の　長い階段を駆け上がったら
腕立て伏せと
腹筋　背筋
そこから　森の中を通り抜けて
走って帰ろう

クラブの管弦の　次の定演は「エロイカ」
弦は休むことも　ほとんどなくて
難しいところ　あっちもこっちも増えて

毎日　練習して　息切れして
通したら　五十分も
この前の「未完成」の二倍もある

それなら　走ろう
先輩に頼んだり　後輩を誘ったり
あるいはひとりでも　何度でも
もっと　もっと走りたくて

からだが　動きやすく
汗も　吹き飛ばされて
疲れても　今までよりも
楽になるのが　不思議だ
ヴァイオリンも　弾きやすくなる

あれから　ぼくは
少しずつ　かたちを変えながら
楽器の練習も　オーケストラも
運動も
いつまでも　続けたい

大学：ここでは京都教育大学のことで、伏見区深草藤森町にある。隣は藤森神社。
管弦：クラブの管弦楽団のことを「管弦」と呼んでいた。
「エロイカ」：ベートーヴェンの交響曲第三番変ホ長調「英雄」
「未完成」：シューベルトの交響曲第七番（第八番）ロ短調

# 声と　声で

声と　声で
話を　しよう

自分のからだの　内側から
いっしょうけんめい　音を出そうとしている
口をとおして　出てくる記号を
自分で聞いて　楽しんでいるのだろうか

ぼくが顔を近づけると
笑い出して
声はますますとび出して

生まれたばかりの
おおきな空につつまれて
言葉が　まだ生まれる前の
変わりやすい　色あいの
ぼんやりした世界の中で
のどの奥から
音と　音で
話し合おう

（一九九七年のメモから）

# 生まれて

のどから出てくる音を　もてあそんで
音のゆくえを　追っているのか
よく動く目と
まだ歯も生えていない　からっぽの口と
高く上げた　宙ぶらりんの両足で
まんまるいてのひらを　にぎりしめて

ゆれる
ふれる
このごろは

見えることも
聞こえることも
おまえには　たのしいのだろう

見えるものによって
目のかたちが　かわる
口も　おおきく動く

ぼくも　いっしょになって
のどから　音を出してやると
笑い声が　飛び出して
くちびるは　すっかりひらき
くらくあたたかい空洞が
顔いっぱいになる

両腕を　ふりまわし
足で　ふとんをけりとばし

生きている時間を
おまえは　からだじゅうでかきまわす
笑った顔を　そこにうつして
ゆっくり　波立たせながら

（二〇〇〇年のメモから）

# 生まれる（1996）

太古から　無数のいのちを　くぐり抜け
　再生される　自分の記憶

どれだけの　人の記憶が　ぼくの中に
　組み合わさって　生き続けるのか

どうしても　笑ってしまう　目も口も
　自分の外から　生まれ出るのか

安産のお守りを　ぼくが買うなんて
　これから　いのちは　三人のもの

道を急ぐ　買い物袋が重たくて
　獲物を運ぶ　太古のぼくも

生まれ出る　まだ見ぬおまえがうかびあがる
　こころとひびきを　名まえにうつして

ぼくから出て　ぼくのものではないいのち
　育て　日ごとに　ほのかに大きく

# 海へ

潮の音　波の太鼓を　胸に聴く
　今年は　何度　海に会えるのか

旅に出ると　自分の体が宙に浮く
　心だけの　重さになる

せまい路地　いくつも曲がり迷い込む
　海は　たしか　こっちのほうだが

海を見る　あまりの広さにぼくは消え
時間だけが　空をさまよう

いつまでも話していたい　夜の海と
沖の舟の　光が沈む

夜の海　見えない鏡の静けさの
底に沈んだ　ぼくの残骸

灯台の　空を突き抜け　延びていく
青いかなたへ　走っていこう

# あとがき

森を歩きたい。なだらかな森の中も、山道を登っていくのも降りるのも。自分が自然の中に入っていくのは、心が軽く、わくわくする。

と言っても、人から遠く離れた自然ではない。ずっと昔から、いつもどこかで人とかかわりあって生きてきた自然がいい。山と言っても、高くそびえたっている、威厳に満ちた山ではなくて、人が自然とともに生きてきた、山の辺や里山を歩きたい。

自分も、以前からここにいたのだろうか。いや、そんなはずはないのだが……。何もないところから、人間は突然生まれ出ることはできなくて、ずっと前からつながってきたのだ。どこかで、何かを覚えているのだろうか。

自分は何者なのか、どこからやってきたのか、……分かるはずもないことだが、詩を書き始めた頃から、気になっていた。

少しだけ住んでいた奈良も、生まれ育って、また今も住んでいる京都も、あるいはその周りの滋賀や大阪、兵庫、三重なども、いろんなところを歩いてみたい。海のむこうからやってきた人々の残したものや足跡が現れることもあり、とても不思議な気持ちになる……。

これらの詩を書いていると、書き方を少し変えてあるものや、内容がまた違った詩も、いくつか生まれてきました。また、かなり前に、子どもたちが生まれてメモをとったものも残っていたので、それをもとにして詩に書いてみました。その頃書いていた短歌も、いくつか一部書き直してまとめました。

それらの詩は、この詩集の章とは別に、付録として最後に入れてあります。

今回もまた七年ぶりに詩集を出すことができました。前回の『風の森』に引き続いて、竹林館の左子真由美さんには大変お世話になり、どうもありがとうございました。

二〇二四年九月

西田　純

西田　純（にしだ　じゅん）

1956年　京都市中京区に生まれる。

詩集『空にむかって』（1992年　椋の木社）
『石笛』（1992年　土曜美術社出版販売）＊
『鏡の底へ』（1995年　土曜美術社出版販売）
『楽器のように』（1999年　土曜美術社出版販売）　＊
『木の声　水の声』（2002年　銀の鈴社）　＊＊
『森は　生まれ』（2010年　てらいんく）　＊
『風の森』（2017年　竹林館）　＊
電子書籍　＊　　ディスカヴァー・トゥエンティワン
＊＊　銀の鈴社

詩誌「朱雀」「ＰＯ」「みみずく」、まほろば（21世紀創作歌曲の会）に所属。

住所　〒604-8871　京都市中京区壬生朱雀町8-8

詩集　山の辺の

2024年9月20日　第1刷発行
著　者　西田　純
発行人　左子真由美
発行所　㈱竹林館
〒530-0044　大阪市北区東天満2-9-4　千代田ビル東館7階FG
Tel　06-4801-6111　Fax　06-4801-6112
郵便振替　00980-9-44593
URL http://www.chikurinkan.co.jp
印刷・製本　モリモト印刷株式会社
〒162-0813　東京都新宿区東五軒町3-19


ISBN978-4-86000-523-8　C0092